KB067502

설운 일 덜 생각하고

설운 일 덜 생각하고

문동만 시집

K
POET

아시아

차례

1부

2부

설운 일 덜 생각하고

POET

제1부

밥이나 하라는 말

밥 차리러 가는 당신 때문에
나는 살았다
흙 묻은 손으로 씻어준
알갱이들 때문에

밥을 차리러 간 사람들 때문에 우리는 가까스로 이어가
며 살 수 있었다
쌀을 구하려 손발이 닳던 노동 때문에
화구에 불을 넣고 연기를 쬐던
주름진 노역 때문에

수심이 깊은 밥주걱 때문에
개수대로 쓸려가는 수챗물처럼
아무것도 아닌 인생 때문에

밥물이 한소끔 끓을 시간만큼도
못 살다 간 인생 때문에

우리는 살 수 있었다

그러니
들어가 밥이나 하라는 말은
쉰밥만도 못한 말
밥을 버리라는 말
밥의 자식이 아니라는 말
불내의 식구가 아니라는 말

칠월의 산빛

아빠! 빨리 나와요!
불 불 들어오니까 빨리 나와요 아빠!
불 들어온다고요! 빨리 빨리요!
어서 어서요! 나오시라고요! 나오시라고요!

우리들 중에서 가장 먼저 불 속에 들어가는
친구, 딸 소희가
화구 앞에서

날개를 떨며 우는 수만 마리 매미의
한 몸처럼
울부짖는다

갈비뼈를 얻다

자전거 타고 핸들을 꺾다 하늘로 떠버린 적이 있었습니다. 유리창에 부딪친 새처럼 바닥에 널브러졌고 집으로 가는 길은 아득해졌습니다. 사위도 정신도 어두워지고 어렴풋이 누군가들이 재잘거리는 목소리가 들렸습니다. 측백나무나 은사시 울타리, 장 보러 가다 말고, 버스를 타러 가다 말고, 약 사러 가다 말고, 가다 말고, 말고 라는 발걸음이, 멈춰 선 발걸음들이 멈추려는 숨을 살렸듯,

그들이 차를 한편으로 통행시키며 구급차를 불러주고 말을 시키며 연고를 물어주던, 소란하되 나지막한 숨결들이었습니다. 안부를 물어주던 핏줄들이 물 같은 피가 됐으므로, 나는 나를 물어주는 말들이 그리웠을 겁니다. 생각나지도 않는 그녀들이 누구였을까요.

누이였을까요. 엄마였고 동창이었을까요. 식당에서 밥 주는 이모였고 요구르트 팔던 바쁘디 바쁜 이브들이었을까요. 그들이 한 끼니 저녁밥을 충분히 먹을 시간만큼, 금

이 간 내 갈비뼈를 지켜주고 있었습니다.

　차가우나 서럽지 않은 바닥에 누워 생각해보니, 아담의
갈비뼈를 추려 여자를 만들었다는 말은 금이 가버린 가설
일지도 모르겠다는 생각, 어느새 달려온 나보다 한참 작
은 여자의 부축을 받으며 구급차를 타며, 아늑한 추락의
피안 속으로 스며들던, 사이렌 소리도 음악이었던 갈비뼈
얻던 저녁이 있었습니다.

윗목

아랫목이 어디고 윗목이 어딘가
헷갈릴 때가 많다
왼쪽과 오른쪽이 헷갈려 신발을
거꾸로 신던 어린 날처럼
좌향좌 우향우가 헷갈려 친구들만
따라하던 체육시간처럼

동서남북도 아니고 아궁이를 따라
위아래 나누는 그 발상이 묘연할 때가

온기로부터 더 먼 곳을 윗목이라 했을까
누구나 위가 되려는 세상에
안온을 두려워하라는 서릿발일까
처지는 못 바꿔도 잠자리라도 바꿔
당신들의 잠을 자보라는 교양일까

왜 아버지는 요도 깔지 않은 채

죄인처럼 윗목에 누워 피 섞인 해소기침을 뱉고
그 단칸방은 위나 아래나 할 것 없이
다 추웠을까

나는 지금 아궁이도 보이지 않는 방에 누워 있다
수로가 미로처럼 연결된 따뜻한 방에

첫눈이 사륵사륵 내리면

이제는 나랑 살지 않는
식구들도 여기저기 앉았다 누웠다
웃었다 울었다 간다

윗목에도 앉았다가 아랫목에도 앉았다가
아궁이 앞에도 화롯불 앞에도
앉았다 간다, 홀연
서늘한 외풍이 불고 잠이 깨는 이 방은

어디가 윗목인가 아랫목인가

꿈의 숲 요양병원

나는 누워 있다 6인실 병실에
스스로 일어날 수 없는 내가
누워서 볼 수 있는 자연은 구름이거나
아른거리며 흔들리는 가오리연뿐

병증은 중증에 접어들었다 요양보호사가
가끔 열어주는 창밖으로 사람들의 재잘거림과
개 짖는 소릴 듣지

버드나무 새순이 돋는 봄날을 떠올리지
정갈한 사람들이 살았을
기와집 낮은 돌담을 생각하지
세레나데를 불러주던 연인을
벽오동 열매를 깨물고 대숲 모퉁이를 휘돌아
짧게 입맞춤하던,

우리들 청춘이 흘러 고이던

아름다운 연못도 있었지 산등성이에 걸린

각양의 구름을 세며

마주잡고 있어서 손바닥이 뜨겁던

발걸음 속에 나도 당신도 있었지

쉬내 나는 몸뚱이가 아직도 생각하네

사랑의 순간을

당신만큼은 나와 같은 몰골로

누워 있지 않기를

창밖에 가오리연 보이네

내가 아버지와 연을 날리던 나이만큼 작아지고

엄마도 없는데 엄마의 아기가 되어

옹알이하듯 헛말들을 주억거리면

누군가 기저귀도 갈아주고 묽은 죽도

먹여주는 그런 꿈꿔본 적 없는 날들도
점점 다 줄 끊어진 연처럼 사라지겠지

끝내는 꿈도 현실도 있을 리 없는
푸르른 평장이 되어

아무도 이곳이 내 추억인 줄도
무덤인 줄도 모르고
푸른 연을 날리겠지

안쪽

여자는 마침내 집을 나가고
나가야 할 사람이 나가서
다행이라는 풍문이 있었고
독신은 그 사람이 버리고 간
개 두 마리를 키우고

개 두 마리라도 거두어 먹이기 위해
새벽 일찍 깡마른 몸을 일으켜
끊을 수 없는 담뱃불을 붙이고
찬 없는 몇 술의 밥을 뜬 다음
눈곱 낀 새끼들 밥그릇을 채우고

그는 좌우를 바꿔 하중을 나누는 법을 잊었으므로

연장가방을 무너져가는
오른쪽 어깨에 메고
개들은 육친 간의 이별처럼

신음 섞인 설움의 꼬리를 흔들고

그는 몇 번이고 문을 닫았다가는
열었다가는,
어떤 날은 문을 닫고

안쪽으로 돌아오는 날도
있었다고

달랠 길 없는 언덕 길

젊은 부부가 갓난아기 업고

산동네 언덕길을 오르고 있다

사내는 어디론가 막막하고 시무룩한

통화를 하고 있고 아이는 보채고

물방울 원피스 입은 엄마는 어찌할지 모르겠는

눈빛을 돌려 아기를 달래고 있다

언덕길이란

달랠 길밖에는 없는 길이라는 듯

언덕길이란

늘 달래고 을러서 가야 하는 길이라는 듯

어찌 할 길 없는 일가의 삶이

내 차창 밖에 있고

내가 버릴 수도 태워줄 수도 없는

오래전의 내가 있고

덥고도 어지러운 땀 냄새와

젖내가 흘러들어왔으나

내 바퀴는

이깟 언덕쯤은 순식간에 오른다

전어론(論)

열 시가 가까운데 횟집 주인과 식구들이
동그마니 밥상을 차려 먹는다

나는 수조에 떠 있는 전어처럼
혼자 앞뒤로 뒤척이며 술을 마시고

전어구이와 콩나물무침 가지나물과
잘 익어 보이는 열무김치
전어는 수조에 둥둥 떠 뻐끔거리는
것들이리라

내가 다 좋아하는 것들
소박하나 밝은 것들
흔하지만 정감을 이끄는 것들
위태로우나 살아나는 것들
살려내야 하는 것들

구하기 어렵지 않고

도드라지지 않은 것들

평범하나 비범으로 부유하는 것들

이어가는 것들

기웃거리며 같이 앉고 싶게 하는 것들

떠나지 못하게 하는 것들

철렁

가슴이 철렁! 한다는 말을
당신들은 유산처럼 남겨주었으나
아무도 그 낙폭을 알려주지는 않았다

살다보니 가슴 철렁한 일 여러 번 생겨서
부지불식간에 재봤더니

딱 긴 한 뼘이다
심장이 배꼽까지
내려온다

순식간에 내려오되
어떤 장기도
밀어내진 않는다

심장만 외롭게 전율을
일으키며 떨어진다

떨어진다

핏덩이보다 아픈 핏덩이가

낳고 나면 헐한 심장에

철없는 철렁이

또 매달린다

또 들어선다

동백꽃 문영예 씨

어디도 다 싫고 엄니 곁에만 가고 싶드라

엄니 앞자리에 두어 삽만 살짝 파서 묻어다고

깊이 파지도 말어 니들이 심드니께

거기서는 바다도 보일라나 어쩔라나

여든에 가신 엄니보다 내 몇 살이나 더 먹은겨

니가 여섯 살 때지만 얼핏 기억이 난다고?

느이 할머니는 참 유순하고 잔소리를 몰랐지

얼굴이 갸름하고 눈이 크고 그랬지

느이 아버지랑은 승질이 딴판이었지

근데 이게 사람 얼굴이여 쭈그렁 할망구가 돼서

아이구 거울을 못 보겠더라니께

무슨 꽃나무가 좋냐구? 꽃나무야 동백이 이쁘지

이파리 사철 곱고 가지가 정갈하고 어디 심어놔도

잘 어울리고 우리 조카 동백을 심어준다니

참 환장하게 좋구만이

가는 일도 가는 일 같잖아 좋고

피고 지는 꽃이 된다니 좋고

뭐 십 년을 더 살으야 심어준다고?

에라이 욕을 혀라 욕을 그려도

느이 말이 동백꽃 같이 이뻐서 좋구나이

말이라도 좋구나 그러니 말이 얼마나 중요혀

좋구나 이러다 좋아 죽겄다이

치울 수 없는 사람

운구차가 들렀다 가는 길가에는
아랫배에 공손히 두 손 모은 사람들이
젖은 가로수처럼 만장처럼 서 있었다

똑같이 단정한 작업복을 예복으로 입은
여성노동자들이었다
짧은 조문이 끝나면 입은 그대로
대리석 바닥을 쓸고 화장실 변기를 닦아야 할
사람들이었다

운구차가 한 사람 한 사람 곁으로 곁으로
천천히 스쳐가자 하나 둘 고개가 깊이 꺾이고
어깨는 속절없이 흔들렸다

속울음이 낮게 누운 그이의 귀에 흘러들어갔는지
유난히 큰 귀가 살아나 쫑긋하는 소리가 들렸다

오늘의 망자는

고상한 의원실을 청소원들의 회의실로

휴게실로 내준 사람

빗자루들의 말일지라도 쓸어버리지 않고

쓰레받기에 담아 버리지 않았다는 사람

수평의 눈으로 말을 들어주고 먼저 걸어주며

물 묻은 손에 용접 불똥이 남은 하얀 손을 포갰다는

사람

높이를 버리고 수직을 버리고

깊이와 수평을 향해 가려다 쓰러진 사람

한 점 묻은 얼룩조차 부끄러워

어떤 누구의 빗자루질도 마다하고

스스로를 쓸어간 사람

변명과 변론도 마다하고

가끔 쑥스럽게 켜던 첼로를 뉘어놓고

미완성의 악보를 초여름 바람에 날려버린

살아온 길도 살아갈 길도 치워버린
끝내는 스스로를 다 치워버린 사람이었다

발굽이 닳은 낡은 구두를 신고
사인볼 삐거덕거리는 허름한 동네이발소에 들러
많지도 않는 머리를 깎고 어디를 간 것인지

그가 그를 치우자
그를 치울 수 없는 사람들이
스스로 꽃을 들고 조문하고 도열하여
그의 청빈하고 염결한 영혼을 배웅하였으니

이젠 아무도 그를 쓸어버릴 수 없겠다
누구도 그를 닦아버릴 수 없겠다

이어가는 날들

아궁이 연기에 찌든 서까래를 갈아내니
탄화 속에 더 단단히 오롯한 무늬
저것이 낡지 않는 시의 골격이나
품격 같다

어떤 새로움이든 반드시
낡음이 되고 무너질 텐데
그 새롭다는 사람들도 별반 새롭지 않던데

주춧돌 말고는 다 사라지는
집들의 역사

가장 어려운 일은
무엇을 남길 것인가가 아니라
살고, 쓰는 동안 어떻게
비약할 것인가가 아니라
무너지지 않고 이어 쓰는 일

손댈 것 없는 무결한 집보다

벌레 먹고 습기 먹어

가까스로 버티는 기둥에

맞춤한 나무를 괴고 이어 살려낸

낡은 집들이 더 새로운 집 같아서

시 같아서

버리고 이어가고 메꾸다

언젠가 나조차 사라질 때,

나의 종속물인 시조차 다 사라지는 게

마땅하지 않을까

쓴 것들은 다 폐지가 되고

새김도 돋움도 없는 편평한 돌덩이 하나

남기고 주저앉는 극적인 파산이

시의 맹랑한 유산이 아닐까

낡은 집 속에는 시가 있고

시 속에는 허물어야 할 집이 있다

제2부

설운 일 덜 생각하고

엄마
콩밭도 없는 세상으로 가셨으나
완두콩 남겨두고 가셨네

나는
살 빠져나간 콩밥을 지었네

맛있게 먹고
설운 일 덜 생각하며
풋콩처럼 살아라

참매

하늘엔 참매가 빙빙 돌고 있었습니다
소년은 문도 없는 문 밖에서 종일 돌고 있습니다
내내 없는 문을 열지 못하고 있습니다
안쪽은 두렵고 밖은 차갑습니다

쉴 곳도, 날개를 접고 부리를 내리꽂을
먹이도 없습니다
돕니다 밖이 더 따뜻한 세계여서
입김으로 손을 녹이며
시린 발을 안쪽으로 향해 있는
식구들 눈발자국에 대봅니다

어떤 발은 두렵고
각질이 많고 갈라진 여자의 발은 불쌍합니다
어린 소녀의 발은 너무 시려 보여서 오래
부벼주고 싶습니다
집 떠나 소식 끊긴 어떤 발에는 실금이

가 있습니다

굴뚝 연기 시리고 서러운 밥물이
끓어오르는 저녁,
소년이 할 수 있는 일이란 발끝으로
눈을 쓸어가는 일

차가운 눈을 모아
얼음 발자국이 된
식구들의 발자국을 덮고 덥히며
제 발이 얼어가는 일입니다

고아

고아라는 말이 좋을 때도 있었다. 어디 다리 밑에서 주
워온 아이였으면 더 좋았을 날들이 있었다. 엄마의 다리
는 뱀비늘처럼 각질을 떨구며 말라갔다. 저렇게 살 없이
숨을 몰아쉬는 여자가 나를 낳았을까, 내가 맨날 만지고
자던 당신의 젖가슴은 어디로 흘러갔을까. 머리칼에서 나
던 불내도 향긋한 분 냄새도 어디로 흩어졌을까. 당신은
정월 초하루부터 나를 고아로 만들려고 작정했는지 죽만
몇 숟갈 들다 말고는 밥상 옆에 맥없이 누웠다. 내 눈이
마주치자 환삼덩굴 같은 까칠한 손을 가까스로 뻗어 내
손을 잡았다 다시 못 볼 사람처럼 눈물이 그렁그렁해서
한생을 비좁은 눈주름에 다 담아서 말없이 말했다. 당신
은 늘 눈이 아팠어요, 그래서 마지막에도 그 아픈 눈만 주
고 갔나. 눈빛이 새발자국 같이 가슴에 찍혀서 방향도 없
는 화살표를 남기는 화인을, 이별이라고 해야 하나. 눈이
눈을 떠나서 돌아볼 수 없는 사이를 이제는 고아라고 해
야 하나. 마침내 고아가 되고나니 외롭지 않아졌다. 미친
놈처럼 더 웃고 살게 되었다. 슬퍼할 겨를이 없었다. 못

웃고 산 당신들 웃음을 마저 사느라, 그것이 고아의 사명,

진물 흐르던 눈빛들의 탕진.

마지막 콩밭

"이번만 심고 묵힐란다", 늙은 엄마들은 언제나 거짓말을 합니다. '이번만'은 언제나 육신이 다 부서질 때까지라는 말입니다. 땅은 콩 줄기를 부추겨 엄마에게 엉겨 붙잡고는 놔두지 않았습니다. 엄마의 콩밭에서 콩을 거두는 일은 엄마를 잠깐 땅에서 떼어내는 일일 뿐입니다.

꼬투리가 먼저 벌어진 놈, 그늘에 숨어 아직 푸르딩딩한 놈 콩잎만 무성하니 아무것도 매달지 않은 놈, 모자란 우리 형제 같은 것들 그러모아 마당에 널어놓았습니다. 나는 이미 땅이 쥐어준 근력을 잃었는지 낫을 쥔 손목이 당신의 수전증 같이 떨려왔습니다. 당신은 이 가을걷이만 끝내면 막내도 돌아오지 않는 이 집을 떠나겠다 했지만 그것이 아이의 변덕 많은 꿈처럼 몇 번이고 뒤집어지는 미망임을 알기에 나는 땅이 얼면 질은 밭이 되는 마당에 무엇을 뿌려 단단히 돋을까, 천식을 앓는 달그락거리는 숨소리로 구부정히 걷는 당신의 흙발을 어찌 면케 하려나 궁리하는 일로 가을걷이를 마쳐야 했습니다.

나는 이 작은 채마밭이 묵정밭으로 늙지 않고 봄이면

마늘잎이 해풍이 오는 쪽으로 기웃거리고 여름이면 들깻잎과 옥수숫대가 담장처럼 둘러 이 가릴 것 없는 집구석의 슬픈 내력을 숨겨주는 일을 그치지 않기를. 가을이면 쥐눈이콩 메주콩이 꼬투리를 밀어내며 기어이 세상 속에 콩콩 살아내기를. 늙은 엄마가 신우대꼬챙이를 꽂아 완두콩넝쿨 지지대를 세울 때 한번 펴진 허리가 다시는 굽지 않는 요술 같이 일이 벌어지기를.

엄마가 검정콩을 골라 내 밥그릇에 넘길 때, 귀 먹은 엄마의 귀가 뚫려서는 모자지간에 말 같은 말을 나누며 울어보며 웃으며 지금 이 콩밭에서는 이룰 수 없는 일이 한번쯤은 와서는, 세월이 한 번쯤은 뒤로 돌아가서는 한 꼬투리 속에서 살았던 푸른 콩의 시절이 오는 것이 무슨 죄가 되려나 싶기도 했었습니다.

옛집

옛집에 갔습니다
명절이면 식구들 모이고
몇 마리 개들도 모이고
허리 굽은 노모가 소반에 밥을 차려주던 곳
땡감이 익기도 전에
수돗가에 떨어지던 곳

엄마가 떠나자
우리도 집을 버렸습니다
다 털어낸 깻단을 버리듯
알 없는 콩깍지를 태우듯
오래 이고 진 냄새들을
떨어져 흙이 된
살비듬을 태웠습니다

열일곱에 집 떠난 가형이
그 집 앞을 기웃거리는데

언뜻 뒤태가 순해진 아버지 같았습니다

모르는 사람들이
신기한 동화처럼
지붕을 마법버섯처럼 얹고
마당에 잔디를 심어
다른 집을 만들어 푸르게 살고 있었습니다

그 안에 너그러운 웃음들이
단란한 잠들이 누워 있을 것 같았습니다

지진도 없었는데 금이 가고
늘 흔들리는 곳이었는데
떠나고 싶기만 하던 곳이 집이었는데

이 집이 우리가 살았어야 할
옛집 같았습니다

그리운 집들은 옛집이 아니었습니다

고향은 불멸의 영토가 아니었고

나는 아직도 옛집을 찾지 못했습니다

고인돌

아버지 엄마의 합묘에 작은 돌을 세웠습니다
자식들과 손주들 이름을 새겼고
외손주들은 더 앞머리에 새겼습니다

나는 이 세상 여자들에게 미안한 것이
더 많아지는 나이가 되었습니다

착한 여자들은 더 먼저 떠났기에
오래전 엄마보다 먼저 엄마 곁으로 간
누이 이름도 올렸습니다

드디어 부족장도 없는 쇠락한 부족이
산개한 작디작은 돌무덤으로 가세를
넓히는군요

먼 훗날
발굴해보시면 알겠지만

죄 없는 살점에 돌창을 꽂아본 적 없는

초식부족이어서

이들은 송곳니도 없을 겁니다만,

우리에게도 호시절이 없었던 것은 아니어서

간혹 평화로이 채집을 하기도 했지요

엄마와 그 아이와 숲속에 들어가

여문 밤을 온 주머니 가득 주워 숲 밖으로 나오면

하얀 운동화에 풀물이 들기도 했었지요

그 작은 숲에는 남쪽 어디선가

유민으로 흘러들어왔다는 선대들의 돌무덤이

옹기종기 있었고

따뜻한 돌바닥 위에 이슬 묻은

산밤을 널어놓기도 했던

그 찰나의 낙원은

대체 어떤 질료를 구해

수렵도로 그려놔야 할까요

생일

서리 내릴 때쯤 엄마가 산통을 할 때
할머니는 쪽머리 추슬러 비녀를 꽂고
시린 등 아궁이에 쭈그려
솔가지 꺾어 불을 붙였을 테지
덥힌 물은 나를 씻기고
갈라져 마른 입술에도 천천히 스몄을 테지
어디에도 불 켜진 집 없는 새벽에
서리 맞던 배추는 귀가 시린 채 알이 차고
횃대 위에 울던 암탉도 뜨끈한 알을 낳고
가난한 가을걷이는 가까스로 묽은 젖 되어
악착같이 빨아대는 어린 입이 있었을 테지
그 산통들, 늦가을 새벽 서리 묻은 산통들
참빗으로 빗은 흰 머리칼 그러모아
흙담 틈에 고이 꽂아두던 눈 큰 순한 당신도
소 같이 이고 지며 머리칼엔 늘 불내가 살던
눈물 많던 당신도
어떤 새벽에 내 이마를 짚어줬을 것인데

54

그래서 이 새벽에

배도 아프지 않은 반백의 내가

여러 번 깨어 그 새벽을 뒤척였나

회류하는 가시

고등어 발라 저녁 먹는데 옆자리 앉은 두 노인이
조곤조곤 저녁을 자신다 동년배인 줄 알았는데
아버지라 부르는 소리가 들린다 아들이란 이도
칠순은 된 듯하다 아들은 아이를 어르듯이
천천히요 조심히요 많이 듣고 살았을 말들을 집어
반찬처럼 놔주며

아버지도 아들 앞에서 자신이 가르친 것들을
다시 배우는 중인지 나 잘하지 잘하지 하는 듯
슬며시 눈도 맞추며 젓가락도 맞추며 가지런하니
틀니도 맞추며 야무지게 살을 바르고

다른 건 몰라도 생선살만큼은 새끼들 숟가락에
올려주고 대가리나 꼬랑지를 입속에 넣고
기막히게 발라내던 아버지,
그리 잘 발라냈는데도 왜 가시사(史)였을까
이 가계의 역사는

짧게 좋았던 일도 오래 서러웠던 일도
희미한 산 그림자 되어 넘어가는데
넘어가야 하는데,

엇비슷한 행색으로
다감하니 늙어가는 저 부자는
우리가 못 살아온 이승에서 와서는
잠깐 머물렀다 등 시린 물고기처럼
찬바람 속으로 사라지고

아무리 흘러가도 아무리 발라내도
생의 여울마다 걸리는 피가 만든 잔가시들
목울대를 간질이고 올라오는 비린내들
늘 그랬듯 뱉을 수 없는 것들은
늘 삼켜버려야한다

이제 나도 내가 만들고도 찾을 수 없거나

생각나지도 않는 가시 몇 개를 언젠가

집 나갈 새끼들에게 꽂아 나눠주며

이미 가시의 증여를 끝냈는지도 모를 일이다

부부의 탁족

물가에 앉았지요
삼십 년 만에 둘이서 긴 산길을 걸어
발가락이 발가락을 마주보도록,

두 발을 스치며
스무 발가락을 주무르며
한때의 흙탕물도 흘러가고
물을 벤 칼자국도
어느 새벽 짜디짠 눈물도
섞이며 가라앉으며 맑게 흘러가는데

발가락이 흔들리면 물이 흔들리고
물도 접히고 펴지는지
깊은 주름이 있군요

뭐라도 낳고 싶은 날이에요
물주름 – 이라는 사전에도 없는

흐르는 말 하나라도 더 낳고 싶은 날이에요
시월의 나무들, 햇살 머금은 배면은
여전히 우리가 좋아하는 연두입니다만,
산정의 잎사귀들 벌써 세월이 시린 듯
귀가 마르며 발그레합니다

가재 같이 성가신 새끼들
지류에 닿아 큰 돌 밑에 살 때가 됐는데
여태껏 철없이 발가락을 물고 있고요

여기까지 와서 만든 집 한 채가
물집이라 해도, 터트릴 수 없는
갸륵히 갖고 돌아 가야 할 물집이라 해도

이 집 하나 만든 것이
서로 다른 발로 같이 걸어온 발이었을까요
뒤척이며 흘러간 물살이었을까요

개가 이끄는 평상의 낙서

나보다 오래 산 참나무에서
상수리 떨어져 조용히 굴러간다

흰둥이는 상수리 냄새를 맡았다가
먹을 수 없는 것들을 체념하고

나도 가리는 것이 있어 꺾어지지 않고
식량에 체하지 않고 요행이
여기까지 굴러왔구나 이런 생각이나
굴린다

우리는 평상에 엎드려 찐 밤을 까먹는다
나보다 밤을 더 좋아하는 강아지가
더 사람 같구나 생각이 들고

까먹으며 까먹는다는 말이 온 곳이
어디 사전 속인가, 어떤 주머니던가

자궁 속이나, 어디 젬방이던가 하며

말에 말을 물고 흩어지고 모이는
구름들을 허밍으로 당긴다

평상에 누워 평(平)이라는 말,
평평 평등 평화 평정 평온 평원
오, 아들은 평발이로군

넓게 퍼져야 할 아깝고도 애틋한 말들을
오는 것 같았다가 돌아가는 말들을

까먹는다

개가 이끄는 평상의 낙서 2

짧은 목줄을 한 너보다

내 목줄이 조금 더 길 뿐이다

냉소주의자에게

갇히면 혼을 짓누르는 괴기한 석순들이
심장을 향해 자라는 곳

눈이 먼 물고기들이 잠을 자고도
또 검은 잠을 자기만 하는 곳
헤엄조차도 잠인 곳

못 살지,
이빨과 뼈를 삭히는 석회수를 먹고는

누구 좋으라고 그 냉랭한 곳에 갇혀
간신히 지탱해가는
뜨거운 병(病)을
버리고 오나

제3부

사려니 숲이라는 숲에서

산죽, 같은 손금을 가진 손들이
정강이를 할퀴어댔습니다
붉은 흙길을 걷다 개울을 만나 발을 씻으면
물집으로 부르튼 까만 발들이 생각났고
손이 지은 죄들이 떠올랐습니다

물조차 씻겨내지 못하는 아픔은
시푸른 손들이 만져줘야 나을 때가 있었습니다

깊은 숲일수록 비밀이 선연하고
생각나는 건 사라진 사람들의
마지막 눈동자였거나
다시 집으로 돌아가 저녁밥을 먹을 수 없는
사라진 시간이었거나

깨진 밥그릇과 솥단지 사이에도
시원히 산바람이 일었고

누군가는 제상을 차리고

누군가는 풀밭에 드러눕고

검은 새는 돌아와야 할 사람처럼 머리맡에서

울어댔습니다

그날의 사람들처럼

바람에 총성에 엎드렸다 일어섰다가는

울었다가 웃었다가는

밥과 술을 나눠먹고

검은 새들도 먹으라고

밥 몇 술을 푸른 숲에 던져 주었습니다

숲이라는 말은 습 같기도 해서

돌아와서도 더 깊이 들어가게 됩니다

물기 많은 지문 없는 손들과 악수를 하고는

헤어지고

돌아와 생각하니 끝끝내 습을 말릴 수 없는

그런 숲이 있어서 나도 당신들도

스며들어 산죽 밭을 헤치고 있는 것이었습니다

종소리

같은 소리가 늘 다른 소리를 내며
잔물결처럼 밀려옵니다

밀려와서 마당가에 나비처럼 뒹구는
산벚꽃을 놓고 갑니다

외로이 고여서 외로이 부딪쳐서
가장 멀리 가는 소리가 납니다

소리인데 침묵을 만들어놓고 갑니다
놀라지 않고도 깨어나는 날들을
낳아줍니다

　저 종소리 속에는 때리는 죄도, 맞아 견디는 설움도 없
어서

　초식의 울타리처럼 그 안에 들어가

살아도 좋겠다며

이 세상 지친 소리들이 앞다퉈
들어갑니다

무수골*에서

전생에 여기 살았던 것 같다
몇 마지기 논과 채마밭을 가꾸며
무논에 유유자적 사랑의 파문을
만드는 원앙 한 쌍을 지긋이 바라보며
논둑에 앉아 심심해서 먹는 담뱃불을 붙이며

저 작은 무논에도 수면이 있고
파도가 있고, 소요와 고요가 있어서
바람이 떨어진 산벚꽃을 한쪽으로 몰고 가
아름다운 꽃섬 하나를 만든다

개울 건너엔 몇 기의 잘 가꿔진 무덤이 있어서
저편에서 이편을 바라보는
생애를 생각할 수도 있었고

늙고 병들어 죽어가는 산밤나무를 감싸고
피어나는 하얀 조팝꽃 향기를 맡으며

삶으로 죽음을 가늠하고

죽음으로 죽지 않음을 헤아려

반복이라는 위대한 생애를 생각하고

해마다 모를 내고 토란을 캐고

저 멀리서 걸어오는 그리운 사람을 보며

부추 밭에 불씨 몇 개 남은

재를 내고 있었으리라

*서울 도봉산 아래에 논이 있는 작은 마을

늙은 개 같은

섬을 갔다 오면 섬만 생각나는 게 아니라
주인도 한참을 비운 외딴집
홀로 지키는 늙은 개가 생각나네

누가 채우는지는 모르겠으나 비워지지 않는
쭈그러진 소금기 밴 개밥그릇도
외로운 절경이어서

고동소리에 귀를 세우다
이내 동백나무 그늘 속으로 몸을 눕히는
해풍에 말라가는 눈 그렁그렁한

늙은 개 같은 섬을 떠날 때

어떤 이는 뱃머리에서 미지의 물결을 바라보고
어떤 이는 후미에서 가버린 물살을 회고하는데

나는 어떤 행로에도 속하지 못하고 눈을 떼지도 못하는데

그러나 왜

그리움도 파도도

앞발을 높이 들어 달려드는가

목줄

개 두 마리 깡깡 언 물그릇에
코 박고 죽었다
둘의 체온밖에는
의지할 것 없었다는 듯
나란히 붙어

몇 걸음 가면 안온한 안쪽이었다
밥을 챙겨주던 착한 주인이 살던,

풀 수 없었던 목줄이 목숨 줄이었다
풀어주지 않았던 목줄이 목숨 줄이었다

개 두 마리, 얼음 깡깡 언
삼도천 다다라
짖지도 못하는 얼어붙은 입으로
목줄…을 찢는다
끊는다… 목줄을

끙끙 속울음 울며

입안에 박힌 고드름

칼로 깎아

묘주

고양이가 죽어 반쯤 묻혀 있었다
누군가 지나칠 수 없어 급히
반쯤이라도 덮어줬을 것이다

또 누군가 지나칠 수 없어
반쯤의 무덤을 덮으리라는 걸
알았을 것이다

누가 먼저 이 무덤을 마저
만들자 했는지는 모르겠으나
우리는 경황없는 묘주처럼 막대기로 흙을 파서
손바닥에 모아 옮겼다

진달래는 산바람에 흔들려
잠깐 조문을 하는 듯했고
초봄이지만 추워서 갈잎을 그러모아 덮고
비문도 없는 편편한 돌을

마지막으로 얹었다

제례는 언제나 예기치 않은 순간에 왔듯

또 신원불상의 무덤을 만든다

만들고 서럽지 않게 떠난다

사막에서는 낙타의 사체를 이정표로 썼다는데

죽음만이 길을 살렸다는데

뼈도 작은 이 목숨이 무슨 표식이 되리

눈물도 통곡도 상주도 없는 살아서

만난 적 없는 이 눈망울을 깨우리

천변에서

왜가리 한 마리 외발로 서 있다
함께 걷던 네 개였던 발이 며칠 사이
절반으로 줄어들었다

하얀 수초처럼 물에 천천히 쓸려가는
짝을 본 적이 있다

저이는 끼니를 탐하기보단
가망 없는 물살을 바라보는 것 같다

잡을 수 없는 완벽한 이별이라는 물살에
제 얼굴을 바라보며 묻으며
사라진 다정한 발들을 회고 하는 것 같다

언젠가 제 발조차 물살에 하류로 쓸려가는
보이지 않는 날들을 떠올리며

제 자신마저 앞서 추념하는 것 같다

이마
— 4월 제주에서

사위어가는 목숨의 이마 위에 손을 얹을 때

마지막 따뜻함이 끝나면 최초의

차가움이 되어서 떠나리 당신은,

이제 집도 식구도 설움도 없는

한낱 투명이 되리

왜 공허는 천 개의 형상인가

당신은 잘 우는 습성만 물려주고

차가워졌네

나는 막바지의 숨을 여러 번 봤네

세상은 병상이었고 탈상이었네

산으로 쫓겨난 사람들도,

물에 잠겨 살지 못한 사람들도 핏줄이었네

작디작은 한 사람 한 사람을 뉘어보면 그것이 역사라

당신들의 이마 하나하나를 짚어보면 그것이 평전이라

모든 사람은 업혀서 키워졌고 업혀서 사라지네

산밭을 헤집던 칠십 년 전 여자의 아우성과

포대기 속 아기 울음도 사라지네

누구나 사라지지만

오, 일찍 쓰러진 자들은 반드시 돌아오네

물을 적셔 당신의 이마를 닦고

머리칼을 넘길 때

이마 한 번 만져주지 못하고 사라진 사람들이

앞서 눈을 감고 있네

피멍 진 얼굴로 눈을 뜨고 있네

당신의 마지막 이마를 짚을 때

누군가의 누구나의

더 서러운 이마도

내 손을 잡아 당겼네

연옥이라는 다행

빌고 빌어야 할 명복이 첩첩산중입니다만. 장모님 돌아가시고 아내는 틈나는 대로 성당에 갑니다. 나는 가본 적 없는 연옥이라는 곳에 계셔서 뒤에 남은 자 중 누군가가 간절히 성심의 기도를 하면 천국에 이를 수도 있다는 내세관이, 어쩌면 단정적인 천국, 지옥론보다는 더 자애로운 신성 같고 인간적인 교리 같다는 생각이 들어 은근히 나도 따라 다니고 싶어지기도 합니다. 아내는 차를 놔두고 왕복 십 리나 되는 도심 길을 걸어 되돌아옵니다. 어떤 날은 비에 젖어 들어오기도 하고, 땀에 젖어 돌아오기도 하고 눈이 부어 돌아오기도 하고 장을 봐갖고 돌아오기도 합니다. 나는 사람이 죽으면 재가 되고 흙이 되듯, 영혼도 없음이 될 것 같다가도, 신성도 영성도 내세도 있으리라 믿고 사는, 양다리 걸치고 사는 것이 안전하다고 보는 사람입니다만, 그러나 기도를 마친 아내의 얼굴은 어느새 붓기도 빠져 있고 낯빛이 조금은 더 평온해 보이는 것은 분명했지요. 어느 날 내가 갈림길에서 맨살과 맨발로 두려움에 떨고 있을 때 기도해주는 누군가가 있다면… 나도 내가 지옥에 가 있더라도 당신들을 위해 기도해줄게요.
지옥이라고 왜 틈이 왜 없겠어요. 아무리 뜨거운 세상이
라도, 장작과 석유가 원자력이 떨어질 때가, 분화구가 타
오르다 지쳐 식을 때가, 화염이 꺼지는 날이 왜 없겠어요.
그 틈에라도 불씨 같은 기도를, 불속에서. 불속에서라도.

혹한기

눈 붉은 들짐승 잡아먹으면 살이 끼는겨

누구에게 들었는지 몰라도
어린 내게 이 말은 주술 같이 들렸다
살−이라는 말, 상여에 그려 있던 단청처럼 두렵고
생쌀 훔쳐 먹으면 엄마 죽는다, 는 말처럼 무섭던

촌간에 살았지만 내가 먹어본 들짐승은
엄마가 나무하러 가서 주워온 싸이나 먹고 죽은
장끼 한 마리와 친구들과 구워 먹은 참새 몇 마리

교회당 처마에서 꺼낸 참새알도
간척지 칠면초 그늘에 숨은 물새알도
겁이 나 가져올 수 없었다

뾰쪽한 부리들이 밤새 손바닥을
정수리를 쪼아댈 것이어서

새들도 해치지 않을 사람을 아는지
한 시인의 방으로 날아와 여러 날 지내다
날 풀리자 기력을 차려 훨훨 날아갔다
그는 새를 시로 쓰지 않았지만 혹한기에 읽은
가장 따뜻한 시였다

추울수록 산짐승들은 사람 곁으로 내려오고
춥게 살다 간 사람들은 마침내 눈이 붉어져
자리를 바꿔 폭설의 산으로 사라지기도 하는데

눈 붉은 것들은 눈 붉어본 마음에서만 보이는지도 모
른다
언제가 우리가 사라지고 종이 바뀌어 지친 날개로
다 닳은 발톱으로 당신의 문을 두드릴지 모른다

나도 저 출처도 없는 말의 올무에 걸리지 않았다면

눈 붉은 것들을 힘껏 물어뜯는 자책 없는 짐승이

되었을지도 모른다

호시절

까치와 까마귀 함께 두엄더미 헤치며
자주 늦은 아침밥 먹었다
희고 검은 것들이, 색이 섞인 것들이
목소리 다른 것들이 같이 먹고 놀고
다투지 않으니 다른 종 같지 않았다

나는 게으른 자였지만
눈에 거슬리는 숲속의 쓰레기를 줍고
숲의 주인이라도 되는 양
소나무를 안아주며 상수리는 더 깊은
숲에 던져주며 조용히 앉았다 돌아오는
저녁을 좋아했다

나무가 우는 소리를 알게 되었다
숲은 태풍에 밤새 몸살이 나고 뒤척여댔다
집값이 하루가 다르게 오른다 하고
사선으로 지어진 집에서

나도 가지 부러진 갈참나무인 양
외롭고 삐딱해져갔다

거래되지 않는 새들의 집 같은
낙원은 어디에도 없었고,
나는 세상에 흔들리고
나무는 바람에 흔들렸지만
아무도 뿌리 뽑히진 않았다

가을이 오고 가깝던 이들이
말없이 떠나듯 숲이 조금은 멀어져 갔다
나무들은 사이를 벌리고
눈덩이 붉어진 울음을
풀벌레 소리로 보내주었다

가까워진 것들은 멀었던 것들
멀어진 것들은 가까웠던 것들

눈 오는 날

숲으로부터 떠나오니 알 것 같았다

서어나무 이파리가

얼마나 큰 초록이었는지

귓불 당기며 떼로 울던

매미가 얼마나 큰 애틋한 짐승이었는지

당신은 얼마나 거대한 나무였는지

오가고 흔들고 소멸하던 애틋한 바람이었는지

나는 왜 아름다운 날들을 패대기쳤는지

나는 가린다

낯을
사람을
사랑을
감정을
음식을
빛을
마음을
친절을
종교를
정치를
시를
노래를
가린다
편애와
편견으로
확증할 수만은 없는
분별심으로
가린다

가리고

가려서

가까스로

얻는다

친구와

직관을

어렴풋한

글 한 줄과

어지럽혀진

지도를

시인 에세이

자력을 찾아서

뼈를 옮길 때

아마도 열여덟 살 때였을 것이다. 빠른 걸음으로도 한 시간은 족히 걸리는 산길을 땀을 뻘뻘 흘리며 아버지와 걸었다. 사람들이 거의 오가지 않는 철이다 보니, 산길은 무성한 풀과 넝쿨로 엉켜 있었다. 지게에 얹어 온 것은 삽이 두 자루에 낫 한 자루, 그리고 광목천과 칠성판이 있었다. 먼저 무성해지기 시작한 봉분의 풀들을 낫으로 벤 다음 마치 괴기한 영화의 한 장면처럼 무덤을 파기 시작했다. 대부분의 삽질을 내가 했을 것이다. 한참을 파내려가자 관이 두 개가 있었다. 하나는 얼굴도 본 적 없는 조부의 것이었고, 하나는 여섯 살 때 돌아가셔서 살짝 얼굴만 기억나는 조모의 것이었다. 그들은 부부였지만 생몰 연대의 차이가 50여 년 가까웠다. 뼈들은 누구의 것인지 금세 식별할 수 있었다. 색깔이 다른 뼈들을 최대한 공손하고 가지런하게 모았다. 맨손으로 뼈 사이에 붙은 흙이나 이물질들을 떼어내 소나무 판자 위에 얹고는 광목천으로 싸매 묶었다. 아버지가 하라는 대로였다. 조모의 수의는 다 썩지 않았고 가는 낚싯줄 같은 실들이 온 뼈들을 칭칭 감고 있었다. 일일이 떼내려 했지만 관절 틈으로 끼어 들어간 무수한 실들은 쉽게 빠져나오지 않았고 완벽히 제거할 수 없었다. 아마도 궁색한 살림이다 보니 값이 싼 것을 택했을 것이고, 속아서 산 나일론 재질의 가짜 수의였을 것이다. 지금도 이 질긴 그물 같은 것들이 마음에 걸리곤 한다. 큰길까지 그 핏줄들을 지게로 지고 옮겼다. 아버지는 몸이 편찮아서 연신 밭은 숨을 몰아쉬며, 입으로 일을 거들었다. 앞산에서 꿩 우는 소리가 들렸다. 내 기억 속에 잔영으로 남아 있는 유월 초 어느 날의 일이다. 기억이란 소리나 온도나 공기의 냄새나 이미지로 저장되기도 하는 것. 나는 익숙한 듯 그 일을 수행했지만 전혀 익숙한 일이 아니었다. 도구를 다루는 것은 어렵지 않았지만 생애 처음으로 망자의 유체를 다루는 일이었고, 영혼을 다루는 일이기도 하다는 생각에 무섭고 두려운 마음으로 땅을 팠다. 아마도 밤이었다면, 혹은 혼자였다면 나는 그 일을 해내지 못했을 것이다. 나는 상엿집이나 무덤가를 지날 때는 늘 무섭증을 느끼는 보통의 담력을 갖고 있을 뿐. 산 것들이 무서운 게 아니라 죽은 존재들에서, 구전된 이야기 속에서 두려움을 느끼곤 했으니까. 그 뼈들이 혈육이 아니었다면, 혹 고용

된 돈벌이였다면 차마 못했을 것이다. 아마도 그분들이 어떤 영적인 물리력으로 내게 해를 입히지 않으리라는 믿음이 있었기 때문이었을 것이다. 뼈들은 수십 년 만에 잠깐 햇빛을 보다가 다시 조금은 말랑말랑하고 볕이 잘 드는 흙 속에 묻혔다. 그 핏줄들을 옮기고 나니 무엇보다 산길 몇 구비를 걸어야만 닿을 수 있는 그 그늘 깊은 산중에서 얼마나 외롭고 어두우시랴 했던 마음이 좀 가벼워지는 듯했다. 나는 처음으로 살 없는 머리뼈와 온기 없는 뼈들을 보았고 만져보았다. 아직도 속박돼 있을 측은한 뼈들을 파고 모으고 옮기며 조금 더 철이 들었을 것이다. 어떤 삶이나 목숨들을 감각하며 기억하며 살아야 하는 것이 삶이라는 것을.

방을 옮길 때

내가 상경할 나이보다 세 살이 더 많은 아들이 혼자 살아보고 싶대서 분가시키게 되었다. 예기치 않게 아들이 살던 방을 내 방으로 삼게 되었다. 동쪽으로 창이 난 방, 방을 옮기니 아래층에서 새벽까지 나던 괴기한 음악소리도 안 나고, 창밖에는 획일적인 아파트 벽이 아니라 높고 낮은 집들이 책처럼 펼쳐진다. 선물처럼 주고 간 것인지 고

아한 동녘의 산봉우리들도 여러 구비 보인다. 강 건너에 월세방을 구해 내보내던 날, 단출한 이삿짐을 눌러 싣고 백미러를 보노라니 아이의 어릴 적 얼굴이, 재롱을 피우던 모습이, 순진한 어투가, 흘러간 시간이 뒤따라왔다. 내가 목말을 태워도 가볍던 아이가 바퀴를 따라 달려왔다. 이것도 이별이라고 살짝 눈물이 났다. 대개의 길들은 물길을 따라 이어져 있었다. 흘러간 물은, 흘러간 사람은 언제 돌아오나 이런 생각이 흘러갔다. 아이가 어릴 적 즐겨보던 헤진 만화책, 동화책 같은 것들을 버리거나 쌓아 묶어두려다가 책장에 추억처럼 꽂아두기로 했다. 아이가 얼마나 벽에 의존하며 혹은 부대끼며, 혹은 즐기며 살았는지, 등과 머리를 기댄 한쪽 벽만 까맣다. 이 표식이야말로 지우지 말아야 할, 지켜야 할 세월의, 가문의 유적 같기도 하였다. 사람이란 게 생각을 안 하고 사는 시간이 자는 시간 말고는 단 일 분도 없는 것 같다. 아, 자면서도 꿈에서도 늘 사람들이 나오곤 하지. 누워 있으나 서 있으나 어떤 얼굴이든 기억이든 떠다니지 않는 적이 없었다. 일에 대한 생각이나 무슨 글을 쓸까 하는 생각보다는 헤아릴 수 없는 사람들의 얼굴이 자주 떠오른다. 기억에 능숙한 지병은 피곤한 것이며 다행한 것이다. 그 지병으로 말미암아 영원히

머무는 것도 완전히 떠나는 것도 없었을 것이니.

그런데 아들 방으로 내 짐을 옮기는 일도 이사였던지 피곤이 밀려왔다. 창문을 열고 눈을 지그시 감고 음악을 듣자, 피로가 좀 가시자… 슬며시 미소가 지어지는 것이었다. 드디어 공유지에서 해방돼 방다운 내 방이 생겼구나 하는 소유의 기쁨이었나 보다. 창을 크게 열어놓고 음악을 틀어놓고 책도 읽으며 이런저런 글을 쓰는데도 잘 써지는 것 같았다. 나는 아들에게 본의 아닌 독립이라는 배려를 해줬고 아들은 본의 아닌 효도를 해주는 셈이 되었다. 살며 좋은 것을 내가 먼저 갖자고 해보지는 못했던 것 같다. 내 하기 싫은 일을 타인에게 주문하는 것을 비겁하다고 여기며 산 것 같기도 하다. 청탁 원고를 보내며 이력을 쓰는데 길게 쓸 게 없다. 좀 늘여 써보다가 이내 어색함이 밀려와 그나마 있는 이력도 줄여 보냈다. 장황한 이력을 써놓는 사람들을 보면 나는 그 자긍심이 부럽기도 하고, 의아하기도 했다. 시라는 것도 압축의 묘미인데 이력이 시한 편보다도 긴 것이어야 할까 하고. 나에게 과거는 오타와 비문이 많은 교정해야 할 원고 같은 것이다. 세월에는 오류와 오인이, 관성과 권태가 덕지덕지 붙어 있는 까닭일 터다. 전부는 아니지만 내 글을 여러 번 읽을수록 나는 나에게 물린다. 요즘은 어떤 중력을 받지 않는 상태, 구속감이나 의무감이 없는 상태에서 살아보려 노력 중이다. 하던 일들을 그만두는 일도 내가 잘할 줄은 몰랐다. 직진이나 도전이나 상황의 유지가 내 정체성을 지키는 일이라는 마음을 놓아가고 있다. 체념하거나 회의할 줄 아는 것도 용기의 일부라 자위하며. 그리 짧지 않게 써지는 내 시들에게 불만이 좀 있다. 힘이 있어야 시의 호흡도 길어진다는 속설도 있지만 기력은 해마다 떨어지는 것 같고, 시들이 너무 짧으면 책값이 아까우리라는 배려심도 없잖아 있는 모양이다.

자력을 찾아서

시집을 내고 나면 눈앞에 펼쳐진 길은 미궁이거나 백지가 된다. 슬픔이 시가 된다고 슬픈 일을 제조할 수도 없고, 배고파야 시가 온다고 여기까지 애써 이어온 삶의 조건을 물릴 수도 없다. 극적인 일들이 터지거나 달려오지도 않는다. 경험에 따른 직관이긴 하지만 가난이 높은 것이 아니고 어떤 조건에서도 인간의 위엄과 염치를 잃지 않으려는 존재들이 높았다. 나는 가난 속에서는 궁상스러움을 많이 봤고 불화를 많이 겪은 것 같다. 어떤 식으로든 욕망이 없는 사람은 드물었으며, 우리들이 세속적 흠결과 욕망이 있는 존재임을 인정하면서도 조금이라도 다르게 살려 애쓰고, 공생의지와 협업성이 있는 사람들, 그들이 상대적으로 높은 존재라는 생각이 들었다. 급히 확정하지 않고 멀리 깊이 이해해보려는 사람들이 지성적으로 높아 보였다. 이질성보다는 동일성을 먼저 살피는 사람들이 부드러워 가까이 가기 좋았다. 시라는 것도 결국 분별심의 과정이자 결과가 아니었던가. 사람과 사태를 분별하는 게 쉽지 않듯이 무엇이 시적인 것인지를 가리고 선택하는 일들은 늘 난해하고 간명하지 않다. 오인과 오류를 동반한다.

햇살이 저절로 동쪽부터 방문하듯 시들이 스스로 오지 않으니 나는 자석이 되는 수밖에 없었다. 어떻게든 달라붙을 사물이나 서사들을 찾아보려 했으나 그 작업 반경은 넓지 않았다. 멀리 나돌아 다닐 여력이나 마음도 없었다. 그 잡철들은 허공에는 없는 것이었다. 그러나 이것은 반만 맞는 말이다. 시는 때론 허공도 바람도 숨결도 관념도, 비철 같은 것도 붙일 줄 알아야 하는 것이었다. 자력이 없는 존재들에게 자력을 옮겨줘야 하는 것이었다. 그것들이 서로에게 달라붙게. 때론 밀어내고 마침내 스스로 살 수 있게 해줘야 한다는 것. 내게 잘 달라붙은 것들은 땅에, 물가에, 풀숲에, 당신들의 이마에, 심장에 있었다. 심지어 무덤에도 많았다. 강아지나 풀벌레 속에도 있었고, 꽃밭보다아름다운 무논이나 콩밭에도 있었다. 내가 먹고 사는 일들로 고생하지 않은 건 아니지만, 특별히 타인들보다 고생했다고 말할 것도 아니었다. 흔하디흔하고 감흥이 없어서 그런 일상들은 자력으로 나타나지 않았다. 삼십 년 넘게 이어온 노동은 우리를 연명시켰지만 지루하기도 하고 어떤변별적인 질료가 들어 있지도 않은 것 같았다. 그럼에도나는 시인들이 쓰는 일 밖에서 땀 흘리며 사는 일들을 지지한다. 그 평범한 생존 환경이 외려 공허하지만은 않은상상력의 모태일 수도 있다고. 그것이 당장에 직접적인 시가 될 수 없어도 자력을 지탱시키는 중심축일지 모른다고. 그러며 느릿느릿 허투루 사는 비성실한 틈에서, 비규격적인 선로 밖에서, 어슬렁거리는 여백 속에서, 오히려 시적인 것들이 걸리적거리고 있을지 모른다고.

평상에 엎드려

이상한 건지 다행인 건지 글이 써지는 날은 강퍅한 마음이 깊거나 괴로운 날이 아니라 너그럽고 평정한 마음이 드는 날이었다. 구름이 없을 때 나타나길 좋아하는 빛처럼. 뭔가 말끔히 걷혀야 글을 쓰고 싶은 마음이 생기는 게다. 그러니 함께 어울려 살아야 할 존재들과 길게 불화하는 일들은 문장의 적이었다. 나를 다스려 평화지향적인 척이라도 하는 인간이 되어가야만 했다. 나라는 자력에 붙은 것들 속에 빛나는 쇠붙이들이 없다. 검은 쇳가루 같은 얼굴이거나 사라진 얼굴들, 자잘한 미시사에서 건지는 정념이나 정감들. 흙과 물과 나무와 산화된 뼈와 사라진 시간과 무게를 합체하여, 어떻게든 이어가는 문장으로 빚어야하는 일이었다. 시를 쓰면 무엇을 얻나. 누군가는 자유라고 말할지 모르겠지만 나는 부자유를 얻는 것 같았다. 작품 속에서는 희열이 없다고 볼 수 없었으나 삶과 운명으로서는 부자유를 얻은 것 같다. 쓰다 보면 언제 허물어질지 모를 한줌의 명예 같은 것이 생기고, 그 헛것 같은 이름은 스스로를 보채며 괴롭힌다. 그럼에도 이만큼의 방을 요행히 얻은 것처럼 이렇게라도 살며 써왔던 행로를 천운이나 지복으로 여긴다. 쓰다 보니 저물녘에는 동쪽 하늘이 먼저 어두워진다. 앞서거나 늦된 것은 착시일 뿐. 우리에게 주어진 시간은, 희로애락의 총량은 공평할지도 모른다. 그런 의미에서 나는 평평한 게 좋고 너그럽고 낙관적인 마음들이, 스며가는 느릿느릿한 물 같은 마음들이 좋다. 사람이든 동물이든 사물이든 선의와 공생의 여망을 갖고 있는 존재들임을 믿어보고 싶다. 불가능하겠지만 궁극에는 저급한 싸움이 없는 곳에서 살고 싶다. 악당들에 대한 주시도 잊지 않으며. 늘 서쪽에서 시를 고쳤는데 이번에는 평정한 마음으로 평상에 엎드려 어두워지는 동녘 하늘을 보며 쓴다. 미래에 반드시 닥쳐올 오류를. 면구스러움으로 마주할 백지를.

발문

삶과 시를 이어가는 수고 혹은 기쁨

김수이(문학평론가)

시인 문동만의 말이 옳다. 시는 욕망의 산물이고, 분별심(分別心)의 미로다. 아무리 비워내고 덜어냈다 한들, 욕망이 없었다면 애초에 한 단어가, 한 문장이 쓰였을 리 없다. 갖은 욕망이 출렁이고 피어나는 시의 나라에는 분별심의 미로들이 어지럽다. 새로움, 미학, 감동, 윤리, 독창성, 문학적 가치, 타인의 인정, 명성 등등. '욕망'과 '분별심'의 다양하고 다른 이름들은 문학적 세련미를 자랑하기도 한다. 문학이 탄생한 이래 많은 시인이 노래해온, 욕망 없는 '무욕'과 마음조차 사라진 '무심'조차도 이 목록에서 예외일 수는 없다. 무욕하고 무심한 사람은 언어를 구하지 않으며, 자신을 언어로 표현할 필요조차 느끼지 못할 것이기 때문이다. 무욕과 무심을 가리키는 말은 있어도, 무욕과 무심 자체인 말은 없는 것과 같은 이치다. '무욕'과 '무심'이라는 단어를 포함해서 그렇다.

문동만에게 시를 이어간다는 것은 삶을 이어간다는 것과 같은 말이다. 해탈하지 않은 이상 인간은 욕망을 완전히 버리고 살 수 없다. 시를 쓰는 일도 마찬가지다. 인간의 본성인 욕망은 삶과 시를 움트게 하고 성장하게 하는 에너지다. 욕망은 그 자체로 좋은 것도, 나쁜 것도 아니다. 따라서 문제는 욕망 자체가 아니라, 욕망의 자세이고 대상이며 방법이고 쓰임새다. 한 인간-시인의 삶과 시의 열쇠는 자신의 욕망을 어떻게 다스리는가, 그 욕망을 통해 무엇을 창조하고 이룩해 타자에게 나누어 주는가에 있다. 그리하여 시에 펼쳐지는 것은 더 높고 아름다운 차원을 향해 도약하는 '분별심'의 세계다. 살아 있는 존재들의 에너지와 활기, 희노애락으로 가득한.

이번 시집에서 문동만은 '욕망'이라는 렌즈를 통해 삶과 시의 공통 속성인 '이어감의 시간'을 통찰한다. 그는 조부모로부터 자식에 이르는 삶의 서사를 이 한 권의 시집에 약술한다. 시인이 지금 지나고 있는 오십대의 나이가 이러한 통찰과 약술의 계기가 되었다. 오십대란 대체로 출생과의 거리보다 죽음과의 거리가 가까워진 나이다. 삶의 욕망들은, 한마디로 삶은, 시간을 이기지 못하며 죽음 앞에 스러진다는 것을 여러 번 경험하고 알게 된 나이. 동시에, 문동만은 이와 반대편의 사실 혹은 진실에 대해서도 말한다. 삶은 '나'의 죽음을 지나 이어질 것이고, 시도 '나'의 죽음을 지나 이어질 것이라는 것을. 삶은 많은 순간에 인간의 의지와 상관없이 스스로 펼쳐지고, 시 역시 많은 경우 시인의 의도와 상관없이 자신의 길을 간다. 어쩌면 삶과 시의 주도권은 '나'가 아니라, 삶과 시 쪽에 있는지도 모른다. 삶도 시도 내가 완전히 통제하거나 예측할 수 없는 미지의 불가능성이자 열린 가능성이기 때문이다.

"밥을 차리러 간 사람들 때문에/ 우리는 가까스로 이어가며 살 수 있었다"(「밥이나 하라는 말」). 문동만에 의하면, 인간이 삶을 이어갈 수 있는 것은 "밥을 차리러 간 사람들" 덕분이다. 이 단순하고도 날카로운 통찰에서 핵심은 '밥'이 아니라 밥을 차리는 '사람들'에 있다. 밥을 차리는 사람들은 자신을 먹여 살리고 다른 이를 먹여 살리는 사람들이다. 문동만의 어린 시절 기억에 의하면, 전통적인 한국사회는 저 윗대로부터 밥을 차리는 사람들에 의해, 더불어 그들에게 밥(생명)을 빚진 사람들에 의해 이어져 왔다. 얼굴도 본 적 없는 조부, 며느리가 출산할 때 아기를 손수 받은 할머니, 열여덟 살 어린 아들을 데리고 부모의 묘를 파헤쳐 이장한 아버지, 자식들 먹이려고 죽을 때까지 채마밭을 일군 어머니, 몇 마지기 농사에 평생을 바친 가난한 사람들, 비극적인 역사의 폭력에 억울하게 희생된 사람들 등등.

밥을 차리는 사람들과 그들에 기대어 살아온 사람들, 이들이 함께 이룩해온 삶의 역사를 문동만은 이렇게 서술한다. "이어가는 것들/ 기웃거리며 같이 앉고 싶게 하는 것들/ 떠나지 못하게 하는 것들"(「전어론」). 삶이란 서로 이어진 사람들이 함께 이어가는 것이다. 세상이 바뀌고 인연이 다한 후에도, 사람들의 이어짐과 삶의 이어감은 또 다른 형태로 계속된다. 누군가가 지닌, 함께 있고 싶어 차마 떠나지 못하는 마음은 물리적인 한계를 가볍게 뛰어넘기 때문이다. 문동만은 기억과 사랑을 통해 그 시절과 사람들을 현재 속에 불러들인다. 기억과 사랑은 멀리 떨어져 있는 존재와 시간과 장소 등을 연결하는 강력한 힘이다. 문동만은 '함께 이어가는 삶'과 '같이 있는 삶'의 방식을 과거의 전통적인 한국사회로부터 소환해, '지옥'과 같은 현실에서 살아가는 우리가 지켜야 할 현재의 윤리로 변주한다. "어느 날 내가 갈림길에서 맨살과 맨발로 두려움에 떨고 있을 때 기도해주는 누군가가 있다면… 나도 내가 지옥에 가 있더라도 당신들을 위해 기도해줄게요. 지옥이라고 왜 틈이 왜 없겠어요."(「연옥이라는 다행」).

지옥의 틈에서 모르는 누군가를 위해 올리는 기도! 문동만의 시가 어떻게 태어나는지에 대한 비유적 설명이라고 해도 틀린 말은 아닐 것이다. 현실이라는 지옥의 틈에서 문동만은 지나간, 그러나 결코 완전히 사라지지는 않을 세계의 풍경을 보고 사람들의 온기를 느낀다. 각자인 듯 함께 삶을 이어가는 한 사람으로서, 각자인 듯 함께 시를 이어쓰는 한 시인으로서 문동만은 자신의 과업을 다음과 같이 요약한다. "무엇을 남길 것인가가 아니라/살고, 쓰는 동안 어떻게/비약할 것인가가 아니라/무너지지 않고 이어 쓰는 일"(「이어가는 날들」)이 삶과 시의 핵심이라고.

문동만에 대하여

문동만의 이 시(「소금 속에 눕히며」)는 그 비극이 발생하고 모두 공황 상태에 빠져들고 있을 때 어렵게 써진 작품이다. 경악의 감정 때문에 대상에 대한 미적 거리가 허용되지 않던 시기에 「소금 속에 눕히며」는 힘겹게 어떤 성취를 보여준다. 세월호는 단순한 침몰이 아니라 이 세상 사람들이 저 압도적인 권력으로부터 습격을 당하고 있는 사건이라는 인식을 튼튼히 보여주는 성취이다. 여기에는 현재의 비극에 대해 분노하고 슬픔을 공유하려는 큰 공력이 들어 있을 것이다.

나종영, 도종환, 박수연, 정세훈(제1회 박영근작품상 심사위원)

그는 서정적 화자의 권위를 통해 타자를 억압하지 않고 타자에게 온전한 자리를 내주고자 한다. 이는 주체가 대상을 객관적으로 파악하지 못하게 하는 무수한 인식과 감각을 맹점들을 스스로 걷어내기 위해 노력하는 겸허한 자세가 있었기에 가능한 것이다. 그리고 자신의 감각을 최대한 열어놓음으로써 하나의 '피뢰침'이 되는 것. 이것이 문동만 시의 지향점이라 할 수 있다.

신철규(시인)

『구르는 잠』(반걸음, 2018) 해설 중에서

K-포엣

설운 일 덜 생각하고

2022년 3월 22일 초판 1쇄 발행
2022년 10월 4일 초판 3쇄 발행

지은이 문동만
펴낸이 김재범
관리 홍희표 박수연
인쇄·제책 굿에그커뮤니케이션
종이 한솔PNS
펴낸곳 (주)아시아
출판등록 2006년 1월 27일 제406-2006-000004호
주소 경기도 파주시 회동길 445
전화 031.944.5058
팩스 070.7611.2505
홈페이지 www.bookasia.org

ISBN 979-11-5662-317-5(set) | 979-11-5662-589-6

값은 뒤표지에 있습니다.
이 책은 서울문화재단 2016년 창작집 발간사업의 지원을 받아 발간되었습니다.

바이링궐 에디션 한국 대표 소설 목록